정선역 가는 길

P.S 기획시선 3

정선역 가는 길

이정표

이름을 내건다는 게 모든 부끄러움을 감수해야 한다는 걸
첫 시집 때 모두 알아버렸다.
그러나 그럼에도 다시,
수줍고 어색한 두 번의 나를 세상에 내어놓는다.

시인이 아닌 인간으로서의 부끄러움에 한 발짝 더 다가선다.
작고 미비한 감성이 얼마나 지나면 부끄럽지 않게 될까?
그건 아마도 내가 펜을 내려놓지 않는 한
계속될 전쟁이며 나의 어리석은 저항이 될 수도 있다.

그러나 나는 부끄러움을 이겨내고 선택한
나의 길을 후회하지 않으려고 한다.
산이 있어 그곳에 오르려는 사람들처럼
나대는 심장을 진정시킬 나만의 글을 쓰고 싶기 때문이다.

2024년 입추를 앞두고
'이정표'를 세우다

제3부   안심여관

제4부   남은 자를 위한 엘레지

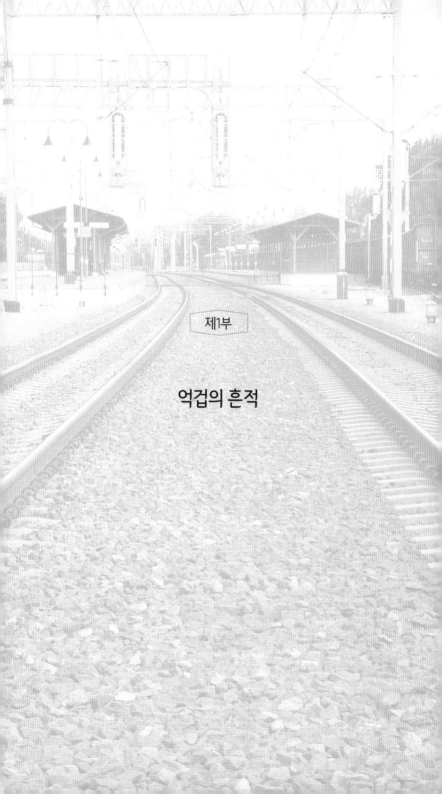

제1부

억겁의 흔적

게거품

아무도 없는 해변에서 산더미 게들을
치마폭에 쓸어 담는 꿈을 꾸셨다고 했다

생의 난간에서 헛발을 디뎠을 때
거품 물고 눈 뒤집는 건
게 꿈꾸고 태어난 계집의 항변
족보엔 없어도 유래는 분명하다

휘젓고 앞서 나가려고 하면
한 움큼씩 잡히는 모래알
세상이 결코 만만한 곳이 아니란 건
태어나기도 전 어머니의 선몽으로 알려 주었다

산다는 건 구멍 난 배 위에 홀로 남아
차오르는 불안을 쉼 없이 퍼내는 극한 작업

튀어나온 눈으로는 앞을 보고 있지만
뒤틀린 걸음은 자꾸 옆을 향해 나아가고
집게발로도 잘라내지 못한 삶의 역풍逆風은
몸 뒤집고 버둥거리다 허연 거품만 쏟아낸다

나는 도망간 희망을 좇는 한 마리 암게
앙다문 입술에 거품 머금고
사막이 된 시간을 엉금엉금 찾아 나선다

개망초

푸르게 지친 유월의 제방 아래로
흰옷 입은 꽃들이 춤을 춘다

하늘 향한 샛노란 얼굴
돌 섶에 박힌 맨발의 뿌리
온몸이 바람의 음률에 실려
석양의 붉은 작두를 탄다

신에게 버림받은 무녀巫女가
무장무장 한으로 피어났을까
부르기만 해도 애달픈 넋
참으로 잔인하구나,
개 망초妄草라니…

부처님 계신 곳은

주차사駐車寺
아스콘 바닥을 뚫고 꽃대가 올라왔다
다섯 개의 노오란 꽃잎이 달린 작은 몸
오고 가는 바퀴에 생사가 달려서일까
눈치 보느라 비틀어진 줄기세포가
자동차 경적이 울릴 때마다
바르르 몸서리친다
나 여기, 있어! 얼굴 내민
저 꽃 보살은 어디서 생겨났을까
사바의 틈 속에 낀 무모한 생명에게
덧없는 예를 갖춘다
나무 관세음보살

낙타들의 동창회

산도 나무도 아무렇지 않은
뻔뻔한 풍경으로 눌러앉은 아림촌[*]
들 성이 사라진 한들에
초저녁 노을이 빠알간 얼굴로 잠이 들었다

상살미[**] 넘어 남상 갔다 온 서흥여객[***] 막차가
툴툴거리며 읍으로 돌아오면
전봇대에 매달린 주황색 전구가
술 취한 아버지를 기다리던 그림 하나 살풋하다

심심한 밤에 어쩌다 생긴 아이들
딱지치기 공놀이 술래잡기 비석치기
더럽고 시끄럽고 툭하면 싸움질하던
그랬던 그때가 목구멍에 걸려 날을 잡았다

---

[*] 아림촌: 경상남도 거창군의 옛 지명(통일신라 시대)

[**] 상살미: 거창읍과 남상면 경계의 행정동

[***] 서흥여객: 거창군 관내를 순환하는 완행버스 회사명

바람과 모래에 휘둘리던
자신만의 고비사막을 걸어온
순이와 자야, 철이와 식이들이
귀밑머리 허연 어른 낙타가 되어 만났다

혹 두 개 매단 쌍봉낙타가
혹 하나뿐인 단봉 낙타를 위로하는
괴이하고 별스런 동창회

얼마 후
별이 내어주는 길을 따라
우린 나란히
생의 마지막 여행을 떠나야 하지만
아득하거나 두렵지 않다

라면엔 수프가 있고
내겐 네가 있기 때문이다
낙타들의 동창회는 일 년에 단 한 번
삶의 고비가 비켜 가는 사막에서만 한다

시크릿secret 두부찌개

봄 타느라 유난히 꺼죽한 게, 영 안 돼 보였다
입에 맞는 찬이라도 만들어
기운을 돋궈주려고 물었더니
두부찌개가 먹고 싶다고 한다, 그게 뭐라고
갖은 솜씨 부려 냄비 가득 끓여 주었다
한 숟갈 뜨더니 맛이 없다고 한다

돌아가신 어머니가 해주셨던 그 맛이 아니란다
내가 지 엄마가 아닌 걸 어쩌라고,
부아를 떨쳐내고
멸치 똥을 발라낸 육수에 차돌박이 넣어 새로 끓여 냈다

이 맛도 그 맛이 아니라며 두 번째 퇴짜를 맞았다
이런 썅 우라질 놈을 봤나
먹으면 당장 암 걸리는 줄 알고 질겁하는
MSG 마법의 흰 가루를 마구 넣어
새로 끓여 바쳤다

허, 미친놈이 따로 없다 혀끝으로 까치발을 세우더니
급기야 눈가에 이슬까지 매달며 "바로 이 맛이야!"를 외쳤다
어머니의 비법을 이제야 알아낸
미련한 며느리가 어금니를 갈아대는 사이
그의 위장이 조미료 범벅 찌개를 몽땅 흡수해 버렸다

정성이고 손맛이고 개나 줄걸
최고의 두부찌개는 조미료에 회까닥한 남편과
쌍욕 한 수저면 두말이 필요 없었을 것을

이런 된장

항아리 속 장醬의 부재는
다시 메주를 쑤지 못하는 어머니보다
더욱 큰 소멸의 천재지변으로 돌아왔다

콩 심기를 포기했던 어느 해부터
친정집 장광에는 퀴퀴한 정적이 모여들었고
더는, 파낼 게 없는 묵은장들은 씨까지 말라버렸다

가져올 정情이 더 이상 없는 어머니의 집에서는
아픈 허리와 아픈 다리의 주인이 된 안부가
생존 기척을 대신해 근근이 신음만 전해올 뿐
장으로 통했던 모든 길이 봉쇄되고
그 많은, 장독들은 제 빛을 찾지 못해
죽음보다 깊은 혼돈에 갇혀 버렸다

장 담그던 바지런한 지문은
시간이 문지른 사포질에
닳아 없어져 버렸고
그 맛을 지키던 미련한 여자는
골병이 누운 안방에서 혼자 시들고 있다

자궁 없이 포태抱胎를 꿈꾼

나는 빈궁마마

혀끝의 간사함만 쫓아다닌

원조 된장녀다

억겁의 흔적

숲이 들썩이지 않아도
냇물이 소리 내지 않아도
그가 온 것은 금방 티가 난다

나비가 입 맞추지 않아도
꽃들은 일제히 피어나고
슬프지 않은 하늘이 눈물 흘리는 건
지구의 신경통을 조작하러 온
그의 발자국 때문이다

사랑한다, 고백 듣지 못했어도
연정을 믿는 건 똬리를 튼
열풍熱風의 근원을 알기 때문

무성함과 기쁨의 뒤로 늘
소멸의 그림자 함께 있고
만날 때마다 흩어지게 하는
그는 경이로운 두려움이다

창가를 서성이는 간섭의 요동들
구름과 훼방의 신
그는 나의 라훌라*

정한 대로 나아가고
원하는 데로 가지 않고
억겁의 우주를 돌아온 그가
지구의 심장을 관통하여
마침내 나의 허파를 빠져나가는
바람의 흔적이 되기를

---

* 라훌라: 산스크리트어로 장애라는 뜻. 싯다르타 라훌라 세속의 부처님 친자이자
부처님 십대제자 나한 중 한 명

쌍 다리 박

새벽시장 열리는 배 말 터
한 개인 듯 두 개가 나란히 엎어진 다리
쌍 다리라 부르지 않는다면
원주 사람 아닌 게 들통난다

쌍 다리 건너가면 봉산동 경찰서
쌍 다리 짚고 안쪽으론 학성동 옛 원주역
어디로 가거나 어디에 몸을 부려도
'쌍 다리 박'을 모르고선 원주에선 간첩이 된다

노을 끌며 이슬을 밟고 다니는
음유시인 '쌍 다리 박'
휘감고 뻗치는 칡넝쿨 극성 팬은 없어도
발 딛는 무대는 모두가 그의 나와바리다

치악산에 시루봉 있듯
원주에는 가수 '쌍 다리 박'이 있다
삶의 된서리를 팔자대로 꺾을 줄 아는
로맨스 럭키보이

오늘도 가물거리는 언어로 만든 사연
'쌍 다리 박' 뽕짝 뽕짝 무대를 지키고
미러볼 무지개가 객석을 비추면
스산한 눈빛은 꾹꾹 가슴에 밀어두고
신명 나는 음정 박자 하늘까지 쏘아 올린다

젖무덤

내 나이 열다섯 처음 무덤 자리가, 생겼다
불에 데인 듯, 뜨겁게 솟구치더니
양 가슴에 붉은 멍울로 눌러앉았다

믿고 따랐던 국어 선생님이 전근 가시던
불쑥 헤어짐이 찾아왔던 그런 날
슬픔은 무덤의 뿌리를 잡고 흐느껴 울었다

옛 애인의 부고를 소문으로 받던 날
가슴에 만들어 두었던 묏자리
기꺼이 내어주었더니
떠나간 영혼이 머물기에
턱없이 비좁은 젖무덤에
하얀 꽃 무더기
속절없이 피어나
지고 또 지고 말았다

오장폭포 吳藏瀑布

구절리 짜들박[*] 넘어 강릉 왕산 가는 길
1,332m 노추산 세로지기 물살
화강암 갈비뼈를 돋을새김했더니
난데없이 머리 풀고 우는 여인이 찾아왔다

오르지 못할 한이 저리도 깊었을까
하늘까지 잇던 허방다리 끊어지며
떠도는 안개 속으로 자맥질하는 순간마다
흰 물방울 서리꽃이 주절주절 피어났다

감추고 있을 때야 내장內藏이었지
갈아내고 후벼 파낸 상처가 훤히 보이는데
애간장이 다 없어진 오장五藏은
추락의 바닥에 직각으로 누워있다

지아비 노름빚 대신 술청에 팔려 온
여자의 억울한 젓가락 장단에 숨어
안절부절못하는 물 뭉텅이들
뛰어내릴 찰나를 숨죽여 기다리고 있다

---

[*] 짜들박: 내리막길 가파르고 험난한 지형의 길을 뜻하는 강원지방 사투리

냉장고를 부탁해

시장을 통으로 옮겨 온 듯
바늘 틈 없는 냉장고 칸칸을 들춰가며
한쪽 귀퉁이 깜장 비닐에 쌓인
나를 찾았다

쟁여 둘 줄만 아는 냉장고마냥
내 얘기는 가슴골 깊게 묻어두고
머릿속엔 온통 세끼 밥걱정뿐인
한심한 나를 미련한 냉장고에서 만났다

유통기한 지난 흠 잡힌 것들이
끝내 걸러지지 못해
저 혼자 곰삭던 속앓이가
냉장고 속에서 문드러지고 있었다

정선역 가는 길

오래된 갈치와 달걀
일회용 용기에 숨어있던 두부와 대파
비우고 정리하고, 쓸고 닦고
냉장고를 토닥여 주었다
속을 비운 냉장고처럼
한바탕 싸운 뒤 안부마저 뜸해진 순이한테
내가 먼저 전화라도 해야겠다

나랑 동거한 지 십 년이 넘어가는 냉장고
코를 골기 시작한 건 석 달이 채 안 되지만
저도 나만큼 늙고 있다는 걸
어렴풋이 알고 있는 눈치다

새말을 그리워하며

신촌 골 깊은 언덕에 올라
물들이 모여 사는 성채城砦를 바라본다

평생 지게를 내려놓지 못한 아버지 허리처럼
백운산 오르는 샛길은 굽고 휘어진 제 몸 가누지 못해
소똥 엎어진 복상 밭고랑에 철퍼덕 하늘을 보고 누웠다

봐주는 이 아무도 없지만
세상의 꿈을 주워 민들레 싹을 틔웠고
머물지 않는 바람이 하얀 꽃대를 밀어 올리면
지구의 가장 외진 그늘에서도 홀씨가 춤을 추었다

계절이 절정으로 타오르지 않아도
숲들은 푸르게 기척을 하고
사람이 살지 않는 빈 마을 입구에는
그림자처럼 따라온 옛이야기가
저 혼자 몸을 풀며 지나온 것들로 금줄을 쳤다

물 담벼락 마주한 뒤뜰

달빛이 소나기처럼 후두둑, 쏟아지는 곳

봉천이 흘러 화시래 냇가로 모여들면

여섯 살 콧등을 문지르던 계집애

거기 그곳에 새말이 있었는데

만종 스케치

만종리에 마실 온 꽃샘바람이
KTX를 타고 서울로 간다
바퀴가 보이지 않게 달려온 하루를 떼어 놓고
쇠 독이 잔뜩 묻은 노동을 선로에 벗어두고
저만치 가버렸다

이 동네가 처음인 참새는
마른 풀섶을 뒤져 모이를 찾고
역사 맞은편 예배당에는 저녁이 되었다고
붉은 아크릴 간판에 스위치를 올렸다

노을에 흠뻑 젖은 보리 싹을 밟으며
머리에 수건을 쓴 여인들이 만종역 뒷길
골목 같은 미로 속으로 스며들면
경적도 기적도 종소리처럼 듣고 사는
만종晩鐘이 캔버스로 걸어왔다

낮부터 나온 반달이
화장을 고치며 밤이 깊어지길 기다리면
술 취한 아저씨 집 대문 앞에는
국 끓는 냄새가 마중을 나오고
도망갔던 여자가 돌아온 만종역을
무뚝뚝한 4B가 아무 일도 아닌 척 그려 놓았다

두문동에서

옆구리를 세게 걷어차인 함백산이
눈물을 훔칠 적에
덩굴을 헤치고 우뚝 선 자작나무 하나
삐뚤어진 두문동 길을 내려다본다

정선과 태백 사이 끼인 돌처럼
삐딱하게 선 이정표가 지나가는 바람에
삼수동과 고한읍을 오가며 몸을 흔든다

고려가 망하고 천 년간 숨어 산
세월이 이 산 어딘가에 있다는데
역사를 명함처럼 내건 두문동이야
여기면 어떻고 또 저기면 어떠랴

사람의 경계선은 한사코 구분하려 들지만
고도가 높아질수록 잦아지는 숨소리는
들고 있던 높이마저 내려놓는 꽃베루*가 되었다

---

* 꽃베루: 곧 베루, 깎아지른 듯한 벼랑 강원지방 사투리

바다가 가까워졌거나
저 산이 멀어지는 것일 뿐

서둘러 내려온 북두칠성 등에 업고
두문동 고개를 넘어간다

은혜 갚은 조기

밀 싹 대롱으로 조기 배를 불리는 동무가 있었다
납작한 조기 배때기에 힘껏 바람을 불어 넣느라
상기된 뺨에는 검게 튼 살이 그늘을 드리웠고
두 손은 늘 죽은 조기를 만지느라 책가방을 들 수 없었다

장마당 한켠
교복 입고 학교 가는 우리들이 볼세라
고개 돌려 한사코 조기 배에 바람만 넣을 때
눈가에 달라붙어 반짝이던 건
조기 비늘만은 아니었다

고달픈 청춘을 건너온 그녀의 소문은
'밥술깨나, 든다더라' 였다
끼니를 위해 조기 배를 불렀던
그녀만의 시간이
이제 와 솥단지 채로 밥을 들게 했나 보다

대가리에 다이아몬드가 박힌 황금색 배받이 살
먼바다에서 잡혀 온 그가
남은 생 그녀 밥술의 견고함을 위하여
오랫동안 뒷담화의 주인공이 되어주면 좋겠는데

귀향歸鄕

폭설이 내린 아침
눈 천지가 된 마을회관 뒤꼍에
매화가 하얀 꽃을 피웠다

향기를 팔아 살지 않겠노라던 맹세처럼
꽃받침 뽀얗게 싸고돈 침실을 나와
간밤 눈 폭탄이 습격한 전장戰場을 본다

아직은 취한 잠 그대로 꿈속에 있을걸
햇살이 뜸 드는 내일에나 나올걸
곧고 바른 수피樹皮를 따라
너무 일찍 세상을 보았구나

종아리를 덮은 눈 뭉치 제 서설에 무너지고
박새 날아오르는 언덕에 안개가 그물을 걷으면
뽀얗게 웃으며 네가 올 것을 기다렸는데

흠도 흉도 마디마디 품어준 어머니가 되어
한 떨기 고뇌로 돌아온 눈 속의 매화
나물 캐던 옛 동무들 그리워지면
찬란한 슬픔에 젖은 꽃 이파리
한 점 그리고 또, 한 점 봄을 떨구고 있다

애인哀人

언덕 너머 숨어 살던 무지개가
잠시 왔다 가는 비 걸음에 묻혀
처녀 마음에 점 찍어주었지

젊은 날 느작 없는 욕망에 붙들려
노을이 짧은 치마끈을 놓쳐버린 후
머리엔 이슬이 내렸고 달에 한 번 하던
달거리는 없어진 게 수년째이다

저도 나도 같이 늙어 가는데
늘 내게 애哀 달구는 걸 즐거이 하는
호주님의 기척에 아차차
호동동 저녁 수라상을 차려 바친다

품 안에 고이 모셔둔 연모戀慕는
다른 情 찾아 고이 보내드리고
아랫목 애인哀人께 한소끔 끓여 낸
생의 오르가슴orgasme
상다리 부러지도록 진설陳設하였다

내 친구 구상이

바람이 몹시 불던 지난 금요일
객지의 큰 판떼기 공사장에서만 놀던 그가
고향 읍으로 돌아왔다

눈빛은 깊어졌고 걸음은 조신해졌지만
부르던 이름은 그대로 구상舊像이 분명한데
머리털 허옇게 쉰 동무들은 그를
기꺼이 신상新像으로 쳐 주는 눈치였다

만날 수가 없었던 청춘의 시간을 거슬러
동창회에 출석한 밥, 술, 고기, 마이크까지
신상 같은 구상에게 날아가듯 안기었다

우수가 낼모레인 그믐날 밤
봄은 타오르듯 익어 가고
구상이 신상이란 소문이 읍내에 퍼지면서
너새니얼 호손*의 큰 바위 얼굴을 본 듯
찌그러진 내 젖가슴이 사정없이 흔들렸다

---

* 너새니얼 호손: 미국의 소설가(1804~1864). 작품으로 〈주홍글씨〉와 〈큰 바위 얼굴〉 등이 있다.

깜부기 비판론

3월,
아래턱을 물고 보리가 비름싹*을 젖혔다

4월,
별 속에 숨어 소망의 꽃대에 올린
쌀, 보리 콩 수수 이쁘게 부르는 이름 속에
어물쩍 끼어든 깜부기
얼른 나서지 못하는 넌 속 빈 대공
경박한 흔들림, 시커먼 침 아무 곳에 뱉는구나

시커먼 얼굴로 무에 그리 잘났는지
치켜세운 표독한 교만
혼자 설쳐대는 꼴불견 독불장군
가소로운 네 이름 보리밭의 깜부기였지
은근슬쩍 묻혀서 따라갈 생각 마라
설마 네가 알곡이라 우겨댈 건 아니겠지
도덕도 예절도 양심마저 없는 막가파

---

* 비름싹: 벽, 담벼락을 일컫는 강원지방 사투리

내세에 연이 닿는다면
곳간에 어울리는 아름다운 얼굴
그윽한 마음씨 지닌 착한 알곡으로 태어나
배고픈 집에 일용할 양식으로 태어나 주렴

비바람 이겨 낸 의지의 이삭 되어
대한 사람 다 먹는 겸손한 나라 미*의
환생을 믿고 싶다

제2부

떠날 때는 말없이

갈등

이삿짐 풀던 날
짜장면을 먹을까 짬뽕을 먹을까
결국 각자 시켜 나눠 먹기로 했다
짜장면을 시키면 짬뽕이 안타깝고
짬뽕을 먹을 땐 짜장면 생각이
왜 이리도 간절한 걸까
알다가도 모를 입맛이다
"여보세요 중국집이죠?"

"…… 한국 집인데 옷"
뚜 우 뚜 우 뚜 우
새로 살러 온 동네에 첫정을 붙이기엔 실패했다
집을 팔고 간 전 주인이 현관에 붙여둔
만리장성 전화번호도
어디 낯선 곳으로 옮겨갔는지
쌩 도라진 목소리 빈 뱃속에 울려 퍼진다

배달되냐고 먼저 물어나 볼걸
괜스레 남의 멀쩡한 집을
중국집이냐 물어서
갈등만 일으켰다

언 발에 오줌 누기

꽃이 벌에게 당했다고 하자
나비가 숲에서 한 짓도 소문이 났다
화단과 계곡에서 미투 운동이 일자
꿀과 과일은 종적을 감추었고
꽃과 채소는 생육을 포기하고
은둔으로 몸을 숨겼다

바다는 곧 방사능 오염수가 될 것이라 선포하더니
멸치도 갈치도 큰일 낼 생선이 되겠노라 벼르고 있다
조만간 병든 소금이 집집마다 돌며 안부를 묻겠다는데
고약한 그놈들보다 날랜 아짐들이,
먼저 사재기 소금으로
염전경제는 최고의 호황기를 맞았다는 희소식을 듣는다
드디어 핵폐기물 농축 신 소금 시대가 활짝 열렸다

이럴 줄 한참 몰랐던 우리 집 창고엔
2022년산 소금 두 포대가 고이 잠들어 있다
김장에 장 담그기 올해는 *끄떡없겠네*
언 발에 오줌을 쌌다
오메! 징한 것

떠날 때는 말없이

가수 현미가 작고하던 날
현미玄米 5킬로가 왔다
시대를 풍미했던
그녀의 마지막을 지켜본 이도
남긴 말도 없었다는데
내게 온 현미玄米는
주렁주렁 사연을 매달고 왔다
'뚱뚱하면 명대로 못 산다'
'병 걸려 죽고 싶지 않으면 살 빼야 된다'
'거울 보기 부끄럽지 않게 대책 좀 세워라'
'곧 여름인데 이쁜 원피스는 어떻게 입을래?'
정신 차려 이제부터 흰 밥은 안 돼!
현미玄米만 먹어
나는 고故 현미 선생님의 명복을 빌며 슬퍼했고
내 몸에 붙은 지방 덩어리를 저주하며
그녀의 노랫말처럼 말없이 떠나가 주길 소망하지만
떠날 때는 말 없이가 쉽지 않다
까끌까끌한 현미玄米 밥을 억지로 삼키자니
이제, 그만
뚱뚱한 종족들이 모여 사는
나의 별로 돌아가고 싶다

뚱뚱한 게 허락되는 별에는

현미만 있을까? 현미$_{玄米}$도 있을까?

현미$_{玄米}$ 밥 먹다 말고 문득

보고 싶은 얼굴이 되신 현미 선생님을 떠올려 본다

된장찌개

한반도의 역사가 상 위에 올랐다
콩 포기 심을 때 시작된 고조선이
찌개가 된 지금까지
무서리 피하고 도리깨로 얻어맞으며
메주가 되었듯
지나간 시간 눈물 없이는 말하지 못하겠다
발효와 숙성을 거친 장구한 이야기가
뚝배기에 들어가 받침대에 누웠다
감자 호박 풋고추들이 장 속에 들어가야
맛을 내지만 아무도 그들의 이름만 따로 불러내어
된장찌개라 부르지 않는다
펄펄 끓어오른 국물 속으로 숟가락을 디밀어 보면
아련히 떠오르는 건더기들의 슬픔
뜨겁게 속을 지져대는 장맛을 보려
봄부터 겨울 단지 안에서 오천 년을 묵게 두었다
우리는 이 땅에 된장으로 태어난 이상
민족중흥의 역사적 책임을 다해야 한다

초희楚姬

바람 등에 업혀 온 햇살 한 줌이

초당동 뜨락에 살풋 내려왔다

묵은 기왓장에 몰래 숨어든 한숨이

겨울보다 시린 입김을 불어

간밤 작은 꽃 한 송이 피웠지만

눈 녹은 옛 마당 언저리 백향나무는

고개 숙여 절하고 떠난 열다섯 그녀가 그리워

달빛 부서지는 새벽

은하 물에 목젖이 붓도록 울고 말았다

입술을 말아 그녀를 불러본다

풀빛 푸른 소리로 더욱 서러이 불러보지만

초희楚姬는 세상에 없다

연모에 뿌리내리지 않았던

시詩도 문文도 그냥 두고 떠났네

해마다 슬픈 사연의 부용꽃

피었다 지고 나면

아무도 모르게 초희楚姬 다녀간 줄 알겠네

버금딸림음

나는 본래 닥나무, 껍데기에서
한지로 태어났지만
가을 지나고 겨울 올 즈음
어느 집 안방 문짝에 딱 들러붙어
한을 머금은 문풍지가 되고 말았다

길고도 두꺼운 동짓날 밤
삭풍에 내 온몸이 춤을 추며
사시나무와 접신을 할 때
발가벗은 달님은 빈 마당에 떨어져
지구가 깨지는 소리를 냈고

내게서는 만고에 없을
서러운 노래가 흘러나왔다
퍼러럭 퍼럭 퍼럭
휘리릭 휘릭 휘릭
삐이 삐이 삑

남의 집 창 살갗에 붙어
겨우내 일으키는 바람의 반란을 점멸하고
얻어낸 득음은 생의 옆구리에 딸려
더부살이 버거운 인생 화음이 되어 버렸고
몰려든 바람이 사나워질수록
눈물은 내 안의 또 다른 나를 적셔왔지

생의 뒷전으로 밀려났던
나를 위한 음계 버금 딸림을
이제 오선지 감옥에서 탈옥시켜
꽃대가 콩나물처럼 흐드러진
고향으로 돌아가리라
그리 마음먹는다

증거 있습니다

파도가 흰 거품을 물고 달려오는 건
지구가 아무런 문제 없이
잘 돌아가고 있다는 것

우주로 뛰어나가 그 많은 행성들이
각자의 공식대로 운행하는 걸
우리가 직접 볼 수는 없어도
겨울 가면 봄이 오듯
자전과 공전을 아무도 따져 묻지 않는다

금 간 엉치뼈를 겨우 붙이고 누운 병실에서
국물만 남은 장조림이랑 다림질 못 한 셔츠
어머니의 역할에 충실하지 않음을 질책당했다

혼자 크는 자식이 안쓰러워
사랑한다는 말 입에 달고 살았는데
아직 내 그늘아래 뭉개고 있으면서
내가 준 사랑을 의심하고 확인하려 든다

사랑은 증거가 필요한 실행문서였다
다친 곳은 적당히 아물어 가지만
집에서부터 따라온 커다란 돌덩어리가
기어이 내 심장을 죄어 온다
사랑이 훤하게 보이는 거울이면 좋겠다

정선야곡 旌善夜曲

목마른 봉황 잠시 날개 접고
동강 물에 입술을 적시면
성마령 골짜기에 별 하나 긴 꼬리 감추어 들고
삽당령을 넘어온 동쪽 바다가
처얼썩 푸른 밤을 내려놓는다

아무도 살지 못할 곳처럼 보여도
산과 산 사이 문지방을 스며든 숨결로
봄날 아지랑이 스멀스멀 흘러나오고
검은 진주 캐냈던 옛 동원탄좌 코밑
정암사 저녁 예불 소리에
함백산 그늘이 가부좌를 틀고 앉았다

밤 열 시까지 놀다간 별들이
사발 같은 하얀 반달을 두고 가면
걱정 많은 아리아리 정선댁
은하수 맑은 물 정한수 삼아
달 사발 한가득 부어
비나이다, 비나이다
아무도 모르게 손바닥 비볐지만

삼경이 다 되도록 잠들지 못한
공설 운동장 천하대장군
두 눈 부라리며 전부 보고 있었다

애산리로 향한 다리 아래
집 나온 철부지 바람도
윤슬에 휩쓸려 저 혼자 떠도는
정선야곡旌善夜曲
노루귀 세워 쫑긋 듣고 있었다

망치 매운탕 후기

강릉 남항진 포구
바다를 바라보는 식당에서 그를 만났다
약속도 없이 홀연 찾아간 점심시간

펄떡이던 그의 흔적과 엄호하던 비린 꿈은
종말의 전선을 뚫지 못해
포획의 수치로 끌려와 있었다
근엄한 자세로 눈을 뜨고 있지만
그의 전신에 뿌려진 고춧가루와 마늘은
패전을 인정한 장수에게 내린 형벌이었다

살은 살대로 뼈는 또 뼈대로
죽어서도 부서지는 부관참시
중짜 냄비 안에 담긴 능욕을 보았다

머리와 몸통 꼬리 아가미 부레
품고 있던 곤이마저 찢기고 뜯긴
잔인한 맛이 끓기 시작한다
진격하는 삶을 정조준하여
힘차게 두드리며 나아가지 못했던
허울 좋은 망치였나
미나리 쑥갓 대파 아래로 부끄러움을 감췄다

비늘을 긁어내고 쓸개를 떼어낸 그가

바닥에 무릎 깔고 누워 있다

붉으락, 붉으락 매운탕이 되어

스스로 부고訃告가 된 망치처럼

나도 누군가의

허기진 영혼에 칼칼한 위로가 되고 싶다

한 번쯤 슴슴한 국물이 되어주고 싶었다

전설의 고향

비봉산 지나 여량 하고도 구절리 가는 길
상원산 고갯마루 넘어 꽁꽁 숨어있다 카더라
가보지도 않고 가면 있다고 떠드는
카더라 방송을 굳게 믿는다

자시子時에 이르면 마음이 명경 같은 이에게만
단 한 번 무릉 가는 길, 열어 준다고
즈믄 해부터 떠돌다 흘러내려 온 소문
갔다는 이가 다시 돌아오지 않아
그저 흰소리로 흘려듣고 말았다

삼천 명의 선녀를 거느리고 아우라지 강 건너
옥녀봉에 내려왔었다던 상원 부인 흔적은
옥갑사, 삼신각 탱화 속에 얌전히 남아 있는데
소나무 우거진 구절리 자개골子開谷은 지치지도 않고
끊이지 않는 말 물음을 싸리비처럼 엮어냈다

유儒도 불佛도 누천년에 운이 다한 지금
염장봉 소금단지에 묻어 놓은
하늘과 땅 사이 비밀을 들춘들 무슨 소용일까만

굽이굽이 구절양장 다 먹고도 남아돌았다는

여량(餘糧)한 사연

천지는 변했어도 익은 옛이야기는

떼 몰고 마포나루 가는 짐짝에 실려

천 리 물길을 노 저으며 가더라

연날리기

골목을 지나 큰길까지 오십 년을 걸어왔다
숨바꼭질 공기놀이 고무줄 뛰던
내 동무들은 어디로 갔을까

묏등 위 푸르게 빛나던 잔디는
병석에 누워 계시던 아버지 낯빛처럼
노랗게 기운을 잃은 지 오래고

어제는 비가 오더니
오늘은 눈이 내린다
낮과 밤의 순서는 틀린 적 없고
토끼가 도망간 섣달 그믐밤 하늘에는
낯선 용 한 마리가 꿈틀거렸다

연(延)을 다한 누군가의 연(戀)이
떠도는 바람에 걸려 꼬리를 흔들면
내일이 없는 한 년(年)은 새 달력 뒤로
물러서야 할 때를 알아 사라져버리고

마음과 뜻을 모아 시간과 눈까지 맞춰버린 년年

당당하기도 해라

제 이름이 금년今年이란다

효도 계획서

동생이랑 뜻 없이 오간 요양원 이야기를
어머니가 언제 엿들었을까
싱싱하다 못해 시퍼런 건강을 보여 주시려는지
우리가 가면 윗몸 일으키기, 헬스 자전거, 악력
주체할 수 없는 당신의 괴력을 보여 주신다

옳다구나! 기회 봐서
물려주려던 보석을 깡그리 도둑맞은
친구네 어머니 이야기도 슬쩍 흘려보내야겠다
어딘가에 꽁꽁 숨겨 둔 어머니의 샛서방 같은
다이아몬드 반지를 운 좋게 만날 수도 있고
대 이어 갈 외아들 섬기듯 곱게 모셔 둔 금덩이는
과연 누구의 차지가 될지 궁금증도 풀 수 있겠다

지지리 속을 썩인 나는
십 원짜리 귀퉁이 떨어진 것도 바라진 않지만
그것들이 누구에게 가게 될지 아는 것만으로도
어머니의 사랑을 가늠해 보고는 싶다

줄 것도 받을 것도 없는
청렴한 가족 관계가 이상적이긴 하지만
아버지 안 계시는 집안에
실질적 가장으로 군림하시는
어머니의 속 내막을
서열 두 번째인 나도 알고는 있어야겠다

한번을 어머니 기쁨이 되어 본 적 없는 내가
이제는 슬그머니 보석 도둑을 앞장세워
어머니의 안심을 뚫어 볼 작당질을 계획한다

어머니의 금붙이가 까딱 잘못되어 내게 온다 해도
효도에 가장 큰 공을 쌓은
제 주인에게 돌려보내야지
이만하면 나도 괜찮은 딸이거니
스스로 장한 맘 들고 보니
부르르 온몸이 떨려 온다
효도가 그렇게 어렵진 않구나

갑옷과 완장

그이가 등뼈 12번 골절로 갑옷을 입었다
허리를 곧추세워주는 강력한 플라스틱 비호 아래
석 달간 위리안치를 명 받았다
나는 왼쪽 어깨 회전 근개골 파열로
멋있는 완장을 차고서 8주간 뽐내며 살게 되었다

두 팔이 멀쩡한 그이는
내 머리를 감겨 주었고 나는
몸통을 쓰지 못하는 그를 대신해
앉거나 눕는 소소한 그의 일상을
군말 없이 도와주었다

병아리 눈 같은 집에 병아리 코딱지 같은 방
청소할 걱정이 티끌만 한 것도 행운이다
둘 다 아무거나 잘 먹는 식성 탓에
달랑 김치에 장만 있어도
나란히 사족을 못 쓰게 된 설움 따윈 생기지 않았다

살을 저미는 겨울이 창밖을 기웃거리지만
갑옷을 입은 그이와 완장을 찬 나는
다정한 눈빛을 건네며 봄을 기다린다
삶의 전쟁터에서 부상을 입긴 했지만
후퇴한 패잔병은 아니었으므로,

가혹한 세상의 처사에
상처 입은 영혼은 온데간데없고
갑옷 입은 그이와 완장 찬 나는
더 이상 물러갈 곳 없는 안방 전선에서
생활부대 최정예 전사가 되는 동계 훈련 중이다

덕산기에서 온 부고*訃告

무슨 말이든 해야 하는데
무슨 말을 해야 할지 모르겠다
통곡은 아니었지만 소리 내어 크게 울었다
덕산기 곡谷 안에서 태어나
덕산기 조상의 땅으로 돌아가는
소설가 강기희 선생님

고통이 멈춰진 건 다행이지만
다시 만날 수 없게 되어 버린 건
참 고약한 결말이다

남은 자들은 남은 대로
살다 살다가 잊혀지면 그뿐이지만
혼자 떠나신 그 길 위에서 마주할
고독孤獨은 어찌 감당하시려구요

---

* 2023년 8월 1일 오후 2시 영면에 드신 고 강기희 작가님의 명복을 빕니다.

정선역 가는 길

따라나서지도 못하면서
핑계가 궁하여 마른침만 꿀꺽 삼킨다
입속이 바짝 타들어 가는 건
8월이 시작되었기 때문
가버린 그와는 제발 상관없기를
기도드린다

미친 날 더위가 사람을 쪄 죽일 듯하더니
그가 영혼으로 돌아온 덕산기에
조등보다 환한 저녁놀 붉게 걸어 두었다

손톱

해마가 봉숭아 물들이는 버릇
올해도 거르지 않았다
추억이라고 해 봐야 누추하기 그지없고
나를 위한 치장을 하기에는
뒷심도 많이 딸린다

그래도
봉숭아 꽃잎 차곡차곡 모아 두었다
여름이 지나가는 어느 서늘한 밤
반백의 내가 백반을 섞은 봉숭아 잎을
못생긴 손톱 위에 올려놓는 건
억지로 내 마음 발갛게 물들여 보고 싶어서다

손톱에 드린 붉은 마음
첫눈 올 때까지 지워지지 않으면
오래전 헤어진 그 사랑을 찾을 수 있다는
허황한 그 말이 너무 좋다

꽃물이 번져가는 면적만큼
사랑이 오래 머물러 주기를 바란 적 있지만
지나간 것에 목마르고
오래된 것에 허기진 탓이다
봉숭아 물들인 손톱은 늘
가을을 넘기지 못했다

겸손하지 못한 내게 세상이 친절하지 않듯
애초에 실체 없는 사랑을 그리워하고
그 책임을 손톱한테 묻는 건
봉숭아 에게도 못할 짓
내게는 비겁한 변명일 뿐이었다

쇠고기 미역국

기름 살이 적당히 박힌 쇠고기랑
불린 미역 참기름 두르고 달달 볶은 뒤
장 넣고 물 부어 서너 시간 불에서 달궈지면
생일상의 절반은 차려진 셈이다

뒤숭숭한 시절
산모라고 별수 없었는지
덩달아 젖 배 곯던 아기는
쇠고기 양지가 야무지게 들어간
생일 미역국에 환장을 한다

길게 사시라고 잡채도 하고
대추 밤 들어간 갈비찜, 삼색 나물에
비늘에 윤기가 쫙 도는 바다 생선까지 준비해도
그는 오로지 미역국에만 집중한다

어머니 몸 풀고 국 한 그릇 못 드신 게 한이 되었는지
내가 끓인 생일 국이 저토록 환장할 맛인지
가득 한 사발 드렸는데 또 한 그릇 더 달라신다

해마다 음력 칠월 여드레

미역국의 무심함에 한참 서러웠을 그를 위해

공고히 잘 마른미역 한 오리와

국거리 좋은 놈으로 미리 부탁을 한다

단골 육곳간 김 사장님 기억력도 좋으시지

양지머리 좋은 놈으로 벌써 썰어 두셨단다

제비

'지지배야, 지지배야'
할매가 오셨나
흥건 낮잠에 젖은 날 부르신다
퍼뜩 침을 닦고 장지문 열었더니
펑퍼짐한 봄 햇살 내려앉은
빨랫줄 위에서 '쯧쯧쯧' 혀를 차시며
동백기름 바른 머리에 쪽을 진
제비 할매가 앉아있다

게으르고 느러터진 내가
지천에 물오른 달래 냉이 놓치고
빈 봄을 맞을까
넋까지 빼놓고 낮잠 든 나를
'같잖다 같잖다' 부르시더니
훌쩍 창공을 박차 오른다

삼동三冬에도 얼지 않은 장독에게
햇살 소복이 눈웃음 뿌려 놓았고
겨울 들녘에서 뿌리로만 숨 쉰
아지랑이가 기지개를 일으킨 날
할매 심부름으로 찾아온 제비가
나도 부르고 봄도 불렀다

아쉽게 털고 일어난 낮잠에
미련을 두었더니 '쪼잔다 쪼잔다'
내 안에 품고 있었던
좁쌀 한 톨 어찌 알았을까
아까부터 제비 한 마리
가슴을 쪼아댄다

고래를 찾아서

바다를 향한 전봇대에
까마귀 홀로 앉아있다
푸르게 멍든 바다에 등 떠밀려
흰 거품을 쏟아내는 파도의 토악질을
슬픈 눈으로 바라본다

오래전 고래를 찾아
먼바다로 간 남자는
아직 돌아오지 않았고
남자가 떠난 항구에는
석류보다 더 붉은 노을이
부두를 서성거린다

술 취한 뱃사람이 부르는
철 지난 유행가는
포구가 잠들지 못하게 소란을 피우고

비린내를 맡은 고양이와
발정 난 개들이 항구를 점령하면
코에 익은 담배 향이 뭍으로 올라왔다

쇠락한 부두에 얹혀사는 여자가
서둘러 녹슨 술집의 셔터를 내리면

꼬리를 자르며 포물선을 긋는
별들의 모스 부호, 끝내
좌표 잃은 고래를 발견하지 못하고
늙은 방파제에 새벽만 두고 떠난다

어둠이 가라앉은 바다에
안개가 파도를 뒤적거리면
바람 잔뜩 먹은 돛을 껴안고
고래를 찾아가야겠다
그를 돌려주지 않는 바다로 가야겠다

제3부

안심여관

따로 또 같이

남자와 여자, 아이들과 노인들
흑인과 백인 미국 중국 일본
알아들을 수 없는 언어들이 달려와
따로 또 같이 버무려진 비빔밥을 보았다

놋쇠 대접에 퍼 놓은 하얀 쌀밥
고사리 시금치 콩나물 고추장에 달걀부침
장국까지 끓여 손님상을 차려 두었더라
비벼 드실 요량이면
참기름 한 바퀴 둘러도 좋았겠지만

밥 따로 나물 따로 잡수신들
달라지지 않을 그 손맛인걸
영혼의 맛으로 비벼낸 비빔밥은
창덕궁 아니면 좀체 보기 힘든 차림표였다

기꺼이 비벼지려 찾아온
고사리 시금치 콩나물들이
오백 년 뜸 들인 이밥 속으로 걸어왔었다

오얏나무집 주인은 어디로 가셨는지
인정전도 대조전도 말이 없었다
삼천 원만 주면 아무나 들어가도 되는
창덕궁 희정당 뜨락에
비빔밥 정식 상이 차려졌던 걸 뉘라서 알까

어디서 왔는지 어떻게 왔는지
묻는 사람 하나 없어도
팔작지붕 단청에 걸린 주홍빛 햇살 따라
그날 점심은 따로 혹은 같이
평화로이 잘 비벼지고 있었다

적자생존

어지간하면 예쁘다는 소릴 듣던
어린 시절이 내겐 없었다
재롱을 떨어 귀염을 받았거나
특출한 재주가 있거나 공부를 잘해서
나를 아는 이들에게 기쁨을 선사한 적이
불행히도 내겐 없는 기억이다

꿈도 희망도 딱히 가져보지 않은
시시한 열네 살 사춘기에 들어선 무렵
용모도 재주도 심지어 공부마저 신통찮은
스스로의 절망을 끄적거리기 시작했다

서운함 울분 소외 격정 그리움 안타까움 아득함
따로 비밀 공책을 만들어
생각날 때마다 차곡차곡 적어 나갔다
뭔가를 적는다는 것에 자존감이 생겼다
생의 첫 감정이라는 위대한 발견을 한 것이다

나만 빼고 승승장구하는 것들에게
이쁜데 공부까지 잘하는 밉상들에게
펜을 들어 나 혼자 응징하는 통쾌함이라니

하지만
하늘의 별을 바라보게 되면서
형상形象에만, 목을 맨 부질없음이
부끄러워지기 시작했다
내가 적어야 할 것들은 별처럼 많고
별처럼 반짝이는 것들인데

적음으로 생존을 도모하게 된
그때를 생각한다
적음으로써 생존하는 행복이
행운보다 더 큰 축복인걸
오십 년이 지난 지금도 잊혀지질 않는다

열녀문烈女門

죽은 남편 삼년상 치르고
치매 걸린 시아버지
거동 못 하는 시어머니
알뜰하게 보살핀 그 여자

면사무소에서 열녀烈女상 주었더니
아뿔싸!
거기가 활짝 열린 열녀女熱인 줄,
그 뉘라서 알았을까

농기계 수리센터 박 씨랑, 도망가던 그 밤에
위태롭게 매달려 있던 열녀烈女 표창장
미동조차 안 한 바람이 밀었다고 우기면서
주인 잃은 경첩 위로 떨어지더니

마음도 몸처럼 열려 버린 그녀가
사랑에 눈멀어 달아난 뒷산 꼭대기
눈썹달 새초롬히 떠올라
헤실헤실 어찌나 밝게 웃던지

니 머라 캤노

니 머라 캤노
세 밤 자고 보자 캐놓고
니 머라 캤노
풋고추 된장 찍어
막걸리 한 사발 하자 캐놓고

눈 감고 입 다물고
와 그카고 있노
퍼뜩 일나봐라
니 와카노 니 와 이카노
이카지 마라 안 된데이
치아라 내 무섭데이

니 머라캤노
니 머시라 캤노
머스마야

마지막 탱고

가본 적 없는 라보카 항*에서
검정 구두 신고 붉은 장미 문
허접한 남자 여자가
탱고를 춘다

슬퍼서 추는 춤 탱고
네 개의 다리와 하나의 심장
밀롱가에서 흐느적거리던 멜랑콜리가
사는 것에 지쳐 정박한 부두에 몸을 뉘었다.

4분의 2박자의 두꺼운 한숨이
절정으로 차오르면
치마 끝 레이스도
고단한 박자를 사방으로 흩어 놓으며
멜로디언 음률을 따라 광장으로 나온다

---

* 라보카 항: 아르헨티나 항구도시. 부두 노역을 하던 이민자들에 의해 최초의 탱고 춤 발상지가 된 곳이다.

저 혼자 숨죽이며 울었던
가난한 바람이 노래를 하고
넋은 고향으로 돌아갔지만
육신은 낯선 이국에 남아
황홀한 춤을 추고 있다

내 것이라곤 아무것도 없는
이방의 땅에서
푸르게 흔들리는 수평선을 보며
부둥킨 둘이서 온몸을 다해 흐느끼고 있다

설움을 이기느라 등을 돌려보지만
급하게 마신 데킬라에 만취한 노을은
붉게 점령된 바다를 움켜쥐었고
향수鄕愁에 젖은 탱고는
별이 지도록 울고 말았다

아주심기

25년 전 우주가 발원한 인연이
내 복腹중으로 옮겨심기를 해왔다
겨자씨 같았던 생명은
어느새 코 밑이 거뭇해진 청년이 되었다

내가 뻗은 팔로 만든 그늘이
좁고 불편해진 정도로 다 커버렸다
말수는 줄었고
가방을 꾸리는 일은 잦아졌다
하늘을 보며 저 혼자 날 수 있는
비행을 계획했을까
푸른 바다를 보며 깊고 은밀하게
잠수할 꿈을 가진 것도 같았다

만약 내일을 생각하고 있다면
아주심기 하기에 지금이 딱 좋은 때
아들아!
발목을 잡는 사슬을 끊어 내렴
지상을 내려다보게 날개를 펼쳐보렴

터 잡고 땅 고르는
나의 소중한 나무 나의 귀한 보배여
나는 묻지도 따지지도 않고 널 옮겨 심었지만
너는 이유도 명분도 확실해야 한단다
또 다른 너를 만나는 성스러운 노동
아, 주, 심, 기를 기대한다

집 없는 비둘기

딱 봐도 가진 게 별로 없는 사람들의
집단 서식지에 후줄근한 비가 온다
색칠이 거의 벗겨진 베란다 난간에
비둘기 한 마리 비를 그으려고 찾아왔다

떨어지는 빗방울에
몸을 흠뻑 적시고 있는 게
갈만한 곳도 없고
오라는 곳도 없어 보이는 눈치다

저도 나도 없이 사는 건 마찬가지지만
나는 살대 어긋난 우산 한 개는 있다
내리는 비 그대로 맞는 걸 보면
그 잘난 우산 한 개도 없는 모양이다

하루 일당 포기 못 하고 일 나갔던 사내들이
서민용 주거지로 돌아오는 저녁 여섯 시

집 없는 비둘기가
임대주택 12층 난간에서
아예 눌러살 조짐을 보인다
아까부터 가라고 눈치를 줬는데
궁뎅이만 자꾸 씰룩거린다

틈만 나면 인정머리 없는 인간들
정 쓰는 게 틀렸다고 있는 대로 욕을 해놓고
종일 비 맞는 비둘기 쫓아내려고
등 긁는 효자손으로 그를 몰아냈다
억수 같이 쏟아붓는 빗속으로
하늘 끝 모서리까지 밀쳐내고 말았다

바지락 칼국수

칼국수 좋아하시는 손님이 오셨다
오고 가며 슬그머니 알아둔
우리 동네 칼국숫집
먼저 나온 겉절이를 집적대는 사이
칼국수 두 그릇이 나왔다

물오른 처녀처럼 뽀얗고 통통한 면발 위에
애호박과 김 가루가 누워있었고
걸쭉한 육수 속 입 벌린 바지락은
한참을 건져 먹어야 할 푸짐한 양이다

먼젓번 왔을 때보다 오백 원이 비쌌다
바지락값이 오른 게지
'아, 아니요, 밀가루, 값이, 감당이, 안 돼서요'
칼국수 집 주인에게 붙들려 전쟁과 곡물에 관한
시장 경제 인플레이션 강의를 들었다

만성 무릎관절 환자들이 널배 타고
뻘밭을 헤맨 값은 오백 원 축에도 들지 못했구나
'에라이 이런 노무 시상'
몸이 재산인 사람들의 세상은
늘 '에라이이런노무시상'이다

밀가루보다 싼 바지락의 탄식이 들리지 않아
칼국숫집 솥 가마 육수 속에서
온몸을 재껴가며 울었을
갯조개는 생각지도 않았다

청춘을 무릎과 바꾼 여인들의 갯벌에는
언제쯤 바지락 없이도 살 편안한 세상이 올까
오백 원보다는 더 비싼 인정이 도래하길 바라지만
골목길이 이리도 섬찟하다면
그런 날은 아직 한참 더 기다려야겠지

성령이 임하신 것은

버린 것들로 배를 불린 쓰레기봉투들이
잡동사니 재갈을 물고 수거장에 집합해 있다

어쩐 일인지 종량제 비닐 속에 들어가지 못한
사랑 믿음 소망
붓으로 휘 갈 긴 멋진 필체가
누구에게 버림받았는지

여기까지 오기 전에는
꽤 고급스런 화선지였겠다
고약한 냄새들 틈 속 잔뜩 구겨진 채
꼬깃꼬깃 뭉쳐진 나신裸身은
바람이 밀쳐낼수록 안으로 파고들었다

하나님을 믿지만 교회라곤 가본 적 없는 내가
그 깊은 성역聖域에 어찌 감히 다가설 수 있사오리까
거룩한 곳에서 기도의 제목으로 받들어져
도탄에 빠진 세상을 구해야 하는 사랑 믿음 소망이
어찌 이리 낮고 험한 곳에 임재하셨단 말인가

쓰레기 집하장 버림받은 붓글씨로 현신하신
성령의 세 열매는
스티로폼 폐비닐 유리병처럼
쓸 놈, 쓰지 못할 놈, 쓰면 안 되는 놈
알곡과 쭉정이 분리수거 잘하라는
하늘의 뜻 전하려 오신 걸 믿사옵니다

안심여관

새벽 장 열리는 배말 지나 개봉교 건너가면
가현동 127번지 안심여관 있더라

무엇으로부터 안심인지 알 수 없지만
죽이고 때리고 도망가는 불안한 세상에
이처럼 다정한 여관이 또 어디 있을까

구멍 난 삶에서조차 밀려나는 날
코발트색 양철지붕이 환하게 웃어 주는
안심여관으로 가보자

닳고 헤진, 주머니에 꼬불쳐 둔 삼만 원 있다면
일단 하룻밤 안심부터 사고 볼 일이지 않은가
고단한 짐 객실에 내려놓고
내일 걱정도 내일에 맡겨두고
설탕 같은 잠 안심하고 잠들어 보자

지극히 안심되고 싶다면

괴로움도 외로움도 내버려 두고

그대 마음먹은 대로

달달하고 끈끈하게 쉬어 가도 좋지 않으려나

홍시가 되어

시집와 칠십 년을 넘긴
뒷마당 우물 곁 감나무 한 그루
거뭇한 등걸에 덕지덕지 세월이 붙어있다

초봄에 꽃 피웠다 자랑할 때
꼴같잖은 감꽃 따위 그러려니
눈 감고 안 본 척했는데
이슬 끊어지고 허리 꼬부라진 채
주홍빛 자손 많이도 매달았구나

가지마다 저 닮은 녀석들 수두룩하다
늦가을 서리 맞은 채 시린 맛보여 주지 말고
어금니 성치 않은 내게 지금 와 주렴

긴긴 겨울 머리에 허연 분 내린 곶감으로 돌아와
너랑 나랑 시절 인연 수다도 좋지만
한 집 울타리 안에서 나는 망구 너는 홍시로
나란히 늙어버린 사연만 하겠니

아직도 꽃 피우고
줄줄이 매달리는 새끼들 있다고
네가 설마 새색시일까 여기진 마라

나도 우물, 물 마르기 전에는
물동이 가득 물 짐 지는 건
예사로 여겼던 적 있었단다

인연

부산 보수동 허름한 책방에서
'입속의 검은 잎'을 찾아냈다

파란 볼펜으로
'모든 슬픔은 논리적으로 규정되어질 필요가 있다'
밑줄을 그어 논, 전 주인의 흔적이 보였다

일면식도 있을 리 없는 시집의 전 임자와
뜻밖의 교감을 나눈 우연이
기형도가 내쉬었던 숨결로 연결해 주었다

일신의 고단함을 덜어 내려
집 가까운 절간을 찾았던 날
나는 일주문을 들어섰고
바랑을 진 스님은 산문 밖을 나서고 있었다
나는 버리려고 들어섰고
스님은 무언가 깨달으려고
나서는 길이었다

동행 이별 해후
우리는 어떤 인연의 교집합일까
풀어야 하는 방정식이
삶에도 있는 것일까

인연은 마음의 그림자
가까이하면 어둠이 두렵고
멀리 있으면 사라져버리는
형체 없이도 존재하는 실체와 같다

기형도와 기형도 시집
판 사람과 산 사람
절에 간 중생과
절에서 나온 스님

인연은
다르게 생긴 구슬을 모두 모아
나란히 한 줄에 꿰어 주는
아름답고 위험한 동아줄이다

밥은 먹었니

술 취한 친구에게서 전화가 왔다
나라 꼴 돌아가는 꼬라지에
턱없이 모자라는 실적 때문에
날마다 공갈 협박하는 지네 회사 부장 놈
돈이면 다 되는 줄 아는 마누라와
결혼도 안 하고, 지 그늘에서 뭉개고 있는
애물 덩어리 자식새끼
딸꾹질이 섞인 신세 한탄이
통화의 핵심이었다

나라님도 회사 일도 녀석의 가정사도
어느 것 하나 내가 보란 듯이 나서서
속 시원하게 해결해 줄 주제도 못되면서
귓바퀴가 다 떨어지도록 들어 주었다
처음부터 내게 답 같은 게 있을 거라
기대한 건 아니었고 그저 만만한 게 나였나 보다

정선역 가는 길

술 취한 녀석의 비위를 요령껏 맞춰 주거나
적당히 들어 주는 척 끊어 버릴 걸 하다가
세상에 둘도 없는 무능한 나를 친구라 믿고
이렇게 술 푸념을 하는데 그까짓 시간이 대수일까
마음을 지웠더니 녀석이 금세 내 아들이 되어 버렸다

그래도 너 시계는 보고 전화해라
츠 팔 러 마*
새로 두 시가 넘었다

---

* 츠팔러마: 우리말 '밥 먹었어'의 중국어(= 吃饭了吗?)

정지된 꿈

원주시 학성동 제1군사 지원사령부
북쪽 담벼락 너머에는
도로와 공장과 사무실, 모텔에게
그 넓은 터를 물어뜯긴 채
벼룩이 간만큼 살아남은 정지길이 있다

대문도 마당도 없는 집들은
사열하는 군인의 철모처럼 각을 세워 서 있고
불쑥 치솟은 부대의 망루는
낮은 포복으로 엎드린 사람들의
하루를 내려다보고 있다

더는 털릴 것도, 꿀릴 것도 없는 정지된 사람들은
오늘도 어제처럼 무료한 시간의 무늬를 직조하며
아무거나 내다 심은 들녘의 후방을 지키고
사령부가 빤히 보이는 곳에서 전사한 수송 열차는
가시철조망 바깥에서 유해가 되어 버린 지 오래,
붉게 녹슨 선로 위에 잠들어 있다

부대 유휴지 텃밭에는
담장을 타고 기어오른 호박 넝쿨이
민간인 접근금지 구역을 넘어
위험한 잠입을 시도하며
호시탐탐 군사기밀을 엿보고 있다

눈 내리는 연병장을 바라보던
까마귀 한 마리가 시린 부리로
낮달에 걸린 시간을 쪼아대고

안내판도 없는 정지동을 찾아간다
멈추지 않는 욕망을 통제하는 곳
정지길은 정지된 꿈을 안고 사는
사람들만 산다는 소문을 들었다

오늘의 일기

불빛 영롱한 도시는 깊은 잠에 빠졌지만
나는 홀로 깨어 오늘의 일기를 쓴다
한창 팔팔할 나이라고 말들 하지만
허리 다리 양 날개 어깻죽지
하다못해 발가락마저 야금야금 아파 온 게
벌써 삼 년도 더 되었다

볼때기에 붙은 욕심 살이 과했는지
날 아픈 이로 보는 게 드문 것도 서럽고
자정 넘어가는 시간에 귀신처럼 일어나
파스를 찾아 부스럭거리는 것도
서럽기로 따지면 한이 없다

내가 천년만년 불사조처럼 살 거라고 믿는
모자란 아들이 언제쯤 제 밥벌이를 할지
서러운 맘 들기도 하지만
내가 낳은 하나밖에 없는 내 새끼도
다 귀찮은 지금이야말로 더 서럽다

나의 오른손이 왼쪽 등짝에
파스 하나 붙일 수 없는
기형奇形의 새벽이 찾아오면
서럽다는 말의 동의어同義語
'에구구…' '아이구…'
나만 아는 언어로 일기를 쓴다

그나마 콧구멍이 멀쩡한 게 다행이다
서럽다 서럽다 해도 멀쩡하게 살아 숨 쉬는 게
얼마나 다행인가

미스터 리 미스터리

이 씨, 성을 가진 의뭉스런 사내를 알고 있다
표정으로 속내를 알아내기는 말할 것도 없고
어쩌다 한번 툭, 툭, 던지는 말본새로도
그의 의중을 알아채기엔 아무에게나 무리한 노릇이다

대처를 떠도는 그의 이름을 아는 이가 없었고
용케도 성이 이 씨, 라는 건 건너 건너 주워들었지만
나이도 고향도 아는 이가 없었다

이군, 이 씨, 이 서방, 이 선생님,
그를 부를 수 있는 마땅한 호칭이 없었다
그가 일하는 일용직 현장에서
미스터 리가 낙찰된 것은
크게 미스터리 한 사안이 아닐 수 있지만
미스터리한 그를 미스터 리라고 부리기로 했다는 것은
전격적으로 그럴듯한 것처럼 보였다

미스터 리, 미스터리

둘을 합해도 하나를 빼버려도

여전한 미스터 리, 미스터리

담뱃가게 아래채에 세 들어 산 지 삼 년

등짝에 소금꽃 활짝 피워 퇴근하는 것도 삼 년이다

눈가에 잡힌 주름이 웃을 때면.

더욱 자글자글하여 서양 견종 퍼그가 생각난다

말쑥한 큰 키 뒤로 따라온 노을을 접고

고단한 노동을 술 한 잔에 띄우는 걸 봤다

미스터 리는 참 미스터리 하다

열려라 참깨

잃어버린 건 딱 하나인데
떠오르는 건 수백 가지다
그냥 열쇠나 쓸 걸 이런 낭패가 있나…
돈 들여 골치를 장만했다

○○인지 ㅁㅁ인지 머릿속을 헤집어,
차례로 열거했지만
우리 집 암호는 아니라며
집 안으로 들어가려는 날
한사코 막아서며 거부한다

마지막 내 생일을 기회로
절망을 만회하려 했지만 또다시 꽝이다
치밀어 오른 부아를 누르지 못하고
냅다 발길질을 해대며
"열려라 참깨"를 비명처럼 외쳤다

집 안으로 들어가기만 하면
내 이걸 가만두지 않으리
복수를 벼르지만
견고한 비밀을 품고 있는
전자식 잠금장치가
호락호락하게 내게
당하기만 할 것 같지는 않다

기억의 세포들이
날마다 줄어드는 나에 비해
확실한 정보만 넘겨주면
꼭 주인이 아니어도
입주入住를 허락하는
고약한 저놈이
권력의 실세인 게 분명하지만
내가 저깟 놈 불러다
저 자리에 앉힌 건
제발 잊혀지지 않았으면 좋겠다

시마詩魔

그런 날이 있다
글자 하나 쓰지 못하고
노트가 지구보다 크게 보이는
그런 날 말이다 초기 시마詩魔 증상이 나타난다

방바닥에 누운 책들의 무덤 사이로
미동도 없이 앉아 고뇌하는
무명의 글쟁이가 아침을 맞는다
중기 시마詩魔, 위험 단계다

얼음을 얼려 죽인 북풍이
전신주를 넘기려 갖은 수작을 부린 지난밤
영혼은 시마불치詩魔不治 진단을 받고 말았다

새벽이 왔다
하늘 끝자락에 손톱만 한 달이 아슬아슬 걸려 있고
어둠이 물러간 자리에 가로등 불 어색해지면
시시詩時한 하루가 부시시時時 일어난다
오늘은 완쾌되지 않는 병, 시마詩魔를 위해
시모금詩募金을 해야겠다

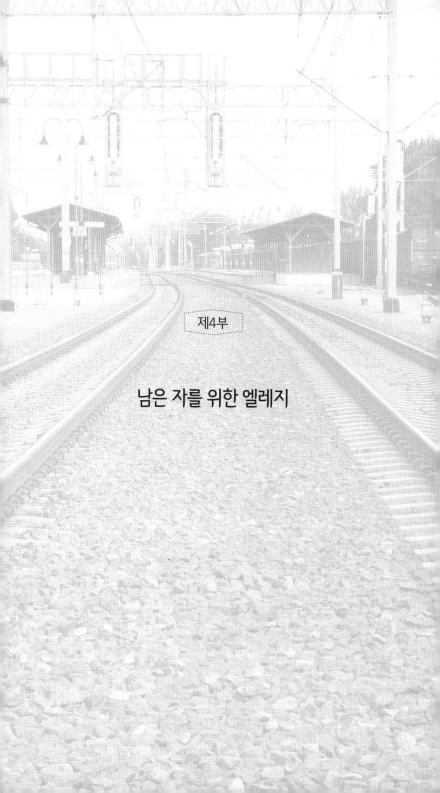

제4부

남은 자를 위한 엘레지

호떡

어지간히 늙은 남자가 호떡을 팔고 있다
"아저씨 호떡 한 개 얼마씩 해요?"
노릇하게 잘 구워진 호떡이 먹음직스럽기도 하다
"노 배 건" "네? 얼마라구요?"
혀 짧은소리로 말하는 호떡 한 개 값을
잘 알아듣지 못했다
"노 배 건 이나니까"
약간 짜증 섞인 호떡 아저씨 대답이
대체 무슨 말인지 솔직히 알아들을 수가 없었다
목에다 힘을 주어 다시 한 번 물어보았다
"아저씨 좀 알아듣게 말씀해 주셔야지요
이 호떡 한 개에 얼마씩 하냐니까요?"
얼굴이 시뻘게진 아저씨가 냅다 소릴 질렀다
"이 띠판너나, 난 빠라"
뜨거운 철판 위에서 익어 가던 호떡이
살을 찢고 흘러나오는 흑설탕을 움켜잡고 있었고
나는 호떡 반죽보다 더 찰진 욕을 공짜로 얻어먹었다

정선역 가는 길

그날 뉘엿뉘엿 지는 해보다

더 붉어진 뒤통수를 호떡 아저씨에게 보여주고

눈치 빠른 두 다리는 꽁지가 빠지도록

냉큼 날 집으로 데려왔다

고해성사告解聖事

싫다는 남자를 끌고 벼르고 별러
억지 영화를 보러 갔다

극장 안 불이 꺼지기 전
비상시 탈출구와 이런저런 광고가
주르륵 스크린을 지나가는데
불현듯 아랫배가 아파왔다
아주 드물게 따라나서 준 그에게
눈치가 보이길래
나 혼자 조용히 화장실을 다녀왔다
그 사이 사방은 암흑천지가 되어 있었고
영화는 나를 앞질러
경쾌한 첫 장면을 보여 주었다

더듬더듬 그이를 찾아 옆자리에 앉았지만
본체만체 뚱겨져라, 화면만 보는 게
말도 없이 자리 비운 내가 서운했던 모양이다

가만히 그의 귀에다 속삭였다
"똥 싸고 왔어 한 삼 킬로쯤, 나 잘했지?"

정선역 가는 길

허걱,
다음 장면으로 넘어가는 순간
밝은 빛 속에 본 얼굴은
생전 처음 보는 아저씨였다

다시 어둠에 잠긴 자리에서
어쩔 줄 몰라 하는 내게
"수고하셨습니다"
친절한 응대로 배려하셨지만
하나님을 사랑한다는 고백을
부처님께 해버린 대략 난감
나는 아직도 그날이 좀체 잊혀지지 않는다

꽃들의 전쟁

굳게 쥔 손안에서
일곱 송이 꽃들이 차례로 피어난다
손안으로 들어온 순간부터
순서도 예의도 필요 없고
우선 저랑 나 배짱부터 맞춰야 한다

바닥에 누워 침묵하는
벚꽃과 난초, 목단을 밀치고 노루가 달려가고
우산을 받쳐 쓴 할아버지가 뒤를 쫓지만
동산 너머 둥근 달 서쪽으로 기울면
이편저편 제 편한 대로 옮겨 살던 국화마저
내 꽃밭을 아주 떠나가 버린다
다섯 개 광※이 나한테서 피해간 자리
흑싸리 껍데기만 오도카니 앉아있다
비 풍 초 똥 구 팔 더 이상 내어 줄 것이 없다
절망이다

살길은 오직 하나 쇼당을 걸어야 한다
나 혼자 무참히 깨지는 것보다
매화를 이용해 미인계의 덫을 놓는다면
아마 저 둘 패를 던지고 내 이간질에 항복하겠지

꽃의 전사戰士들이

화투花鬪의 화려한 쟁탈전에

불붙이던 그날

까만 욕망에 휩쓸린

네모난 전장戰場에서는

중립을 가장한 한 떼의

서비스 의용군들이 전쟁의 승패를 가늠하며

밤일 낮장, 기리 패에 몸을 숨겼다

부시맨의 후예

아파트 울타리를 칭칭 감고 태어난
새빨간 장미를 바라보았다
새파랗게 솟은 가시 속에서
넝쿨 진 잎사귀 제치고
검게 붉어진 얼굴 내밀고 있었다

칼라하리 사막에서 무단 방임된
빈 콜라 병의 주인을 찾아 나선
부시맨의 거룩한 고민처럼

공동 거주지 울타리에서
절정으로 치달은 저 장미는
누구의 소유일까
권리에 관한 무익한 공상을 한다

빈 병 속에 들어있는 것을
허황한 바람뿐이라 생각하는 건
호모사피엔스들의 오해
몇천 명이 모여 살아도
우리의 경계선에 저토록 타오르는
정열을 보지 않는 건
현생 인류의 오류

나와 우리가
오해의 그물 안에서 얽혀진 시간의
변명을 움켜잡는 동안
꽃들은 피어나기 바쁘고
신은 자꾸만 멀어진다

주인을 찾아가려 한
빈 문명의 콜라 병처럼
누구의 것인지 모를
공유지 불법 점유물이
제 맘대로 피고 있다

콘크리트 서식지 철책 모서리를 돌아
천지를 제 세상으로 만든 장미에게
이토록 지랄 만발로 피는
이유를 묻고 싶다
버려지는 것에서 대답을 들으려 한
부시맨의 후예답게

만항연가 晩項戀歌

숲에서 밀려온
바람이 정박한 만항재에
녹슨 배 한 척 닻을 내렸다

등대가 서 있는 언덕에 노을이 번지면
좌표 잃은 별들이 서둘러 몰려오고
아래 절간에서 올리는 저녁 예불 소리
소쩍새 울음 속으로 젖어들었다

우주를 방황하다 억겁의 세월 건너온
나무와 바위, 꽃과 풀들이
만항晩項의 전설로 돌아와
잠들지 못하고 지금은
온통 먹빛 참선 중이다
그대 만항晩項에 오시려거든
함백산 꽃 꺾기 재 화절령花折嶺 따라
가벼운 웃음으로 찾아 주오

만나고 헤어짐이 다반사인 세상
걸어서 오른 천상의 화원에서
큰 웃음은 들꽃보기 민망하고
웃지 않는 얼굴은 내가 싫으니

생활의 달인

어머니는 직접 화법 대신
주로 비교나 자학으로 의사를 전달하신다

"오냐 오냐 사는 게 다 그렇지 뭐
길도 먼데 뭣 하러 온다니 추석에나 다녀가던지
암것도 필요 없다 너만 건강하면 되지
옆집 할망구네는 큰딸이 김치냉장고 사줬다고
아주 자랑자랑 늘어지게 하다가 갔다"
"아이구 필요 없다니까 그러네, 너거 어머이는
죽을 때까지 시어 꼬부라 터진 김치만 먹어도 된다"
"너거만 잘 살면 되지 언제 죽을지도 모르는데
김치 냉장고는 무슨"
그해 겨울 어머니의 김장 김치들은
새집에서 겨울을 났다

"내 걱정은 하지도 마라, 덜덜거리는 선풍기 하나로
버티다 보면 여름 가겄지, 윗집 영감탱이는
아들놈이 에어컨 사줬다더니 장정 둘이서
아침부터 힘쓰고 가더라, 나는 더버도 괜찮나
내일 죽을지도 모를 늙은이가 에어컨이
다 무슨 소용일라구, 너거 어머이가 더버서,
죽었단 소문이 나도 절대 신경 쓰지 마라
너거만 시원하게 잘 지내면 된다"
전기료 걱정으로 어쩌다 한 번 찬바람을 내어주는
에어컨이지만 이웃집 영감님과 대등해진
관계 조성에 큰 몫을 해낸 건 사실이다

한의원까지 가야 하는 수고를 덜어준 안마 의자
말하는 전기밥솥 음식물 처리기 화장실 비데
이 모든 생활의 부장품들을 획득하신
슬기로운 우리 어머니
반어법, 비교화법을 국어학자보다
활용도를 더 높이신 실전 기술의 효용성으로
어머니의 문명사회는 첨단 생활로 무장되었다

한참 전 팔순을 당당하게 넘기신
삶의 고수답게 생활의 달인
타이틀을 거머쥐고 계신 우리 어머니
어머이 뭐 또 필요한 것 없수?

부론富論 사는 남자

헬스장 한번 안 가고도
굳센 근육 지키는 남자가 있다
보호수保護樹란 명패가 붙었지만
오른손이 남의 집 창문을 관통해 버린 탓에
더 이상 누가 되기 싫어 보호手라 부르는 것이지
경로 우대하라는 말은 아니었다

푸르게 덮인 이 마을 전설이
바람 불 적마다 후루룩 뛰어나오고
삼국유사 표지처럼 오래 묵은 시간들이
주절주절 남자의 등걸에 얹혀있다

한평생 저항만 하다 간
손곡리 이달 선생님은 집을 비웠고
이슬에 씻기운 거미줄은
배향산 골짜기를 에워버렸다

한양으로 향했던 흥원창 옛 포구에는
금계국 노랗게 피어났지만
창倉 가득 입쌀은 어디로 퍼 나르고
부끄러운 노을은 석류보다 붉게 웃고 있는가

사연 많은 가지들 모두 정리하고
느티나무가 된 남자의 사연 들어 줄
참한 나무 색시를 기다리지만
왜란, 동란 다 비껴간 육백 년을
부론면 사무소 옆에서만 살았다
결혼도 장가도 한때의 꿈이었을 뿐,
학교 갔다 오는 동네 아이들 지켜보며
여문 햇살 지나는 사람들 그늘도 되는
순하게 늙어지는 나무가 되고 싶지만
해마다 웃자라는 청춘이 민망하다

푸르게 늙어버린 총각이라
드는 생각도 많기도 하겠지

정선역 가는 길

휘돌아 내려온 물길 위에
읍으로 가는 다리가 누워있다

안개에 가려진 둥지 안에
군청과 농협이 있고
병원과 영화관 빵집과
막걸리 파는 국밥집이 있어서
마실 나온 다리 밖
외인外人들을 설레게 한다

골마다 숨어있던 토박이들
오랜 수감생활에서 가석방된 자유를 찾아
오 일마다 북적이는 장터에는
사고파는 꿈들이 수북이 쌓여있다

하루의 소동이 잦아들고
서울 가는 막차가 북실리를 떠나면
술 취한 장꾼 아저씨 갈지之자 걸음에
나물 팔고 주머니에 들어온
꼬깃꼬깃한 지폐들이 가슴을 조인다

저만큼 정선 역사驛舍에 황혼이 스며들면
기적은 떠돌던 유년의 기억을 불러내고
그물을 빠져나가던 바람은 역으로 돌아온다

정선역 가는 길에는
만나고 싶은 기억도
그리운 이름도 모두
낮에 나온 반달이 조금씩 떨궈둔
점점의 추억들을 서글프게 모으고 있었다

역마살

.

미리 보따리를 싸두는 건 반칙이다
예매하지 않은 마지막 차표가
터미널에서 날 기다린다 약속한 것처럼
허랑방탕하게 집 밖을 떠돌고 싶다

언제 오겠다는
섣부른 언약은 하지 말아야지
길 위에 서는 걸 두려워 말아야 해
돌아오겠다는 다짐으로
영혼의 빗장을 채우는 건 옳지 않아

헐거운 신발과 닳아버린 날개를 가진
바람의 푸덕거리는 진저리
시간도 세월도 기약할 수 없는
흔들리는 수레에 끌려가는 잠행潛行

달은 환하고 별들은 심장을 감추고
가랑가랑 낮게 울고 있다
몰래 하늘로 잠기어 들기엔
더없이 좋은 날
백만 송이 장미가 무더기로 피는
오늘 밤은 역마驛馬 타기 딱 좋은 날
역마 살풀이굿 벌리기에 더없이 좋은 자정이다

전가복全家福

죽은 줄 알았던 아들이
구사일생 전장에서 살아 돌아온
세상 최고의 기쁜 날 일가친척 다 모여
전가복 먹었다고 하더라

산과 들 바다와 육지
나는 공중의 것들까지
빼놓지 않고 빠짐없이
한 상 가득히 올려
이 사람 저 사람 모두 같이
수저 듦을 기쁨으로 여겼다는
전가복

흩어져 사는 자손들이 보고 싶어
지난밤 거짓 사이렌을 울린 팔순 노모가
득달같이 달려온 자식들에게
차려 준 밥상에 이것저것 모두
전가복 누명을 쓰고 앉아있었다

해삼 전복 송이도 없고
봉황도 산삼도 빠진 두리반에
철 지난 김장 김치 대가리만 잘린 채
덜렁 자빠져 있었다

산해진미山海珍味
전가복全家福 먹어 본 적 없지만
늙은 어미 허리 굽어지도록
평생 담아 온 김치 맛만 할까

60촉 전구 알이 희끔 졸고 있는 마루에서
머리털 허옇게 센 자식 넷이
황송한 늦은 저녁상
혹은 이른 아침상을 받았다

분주한 수저질을 바라보는
적막한 마당에 별빛 내려와 있고
굴뚝에 숨어 밥하던 연기는
제풀에 지쳐 머리 흔들며
하늘 멀리 가버렸다
세상 모든 어머니들의 바람
아이들을 위한 전가복 한 상이
떡 벌어지게 차려지는 것
맛있게 나누는 복을 위해
단지 그것만이 기도의 제목이다

다용도 바가지

다이소에서 데려온 천 원짜리 바가지
물을 담으면 물바가지
쌀을 담으면 쌀바가지
소금을 덜거나 급할 땐 양치 컵으로
신분 세탁을 하기도 한다

열일 다 하며 사는 바가지의 용도마냥
우리도 세상의 바가지가 되어 살고 있다
욕바가지 푼수 바가지 미련 바가지
삶의 모습이 달라질 때마다 매 순간
요령껏 눈치껏 나를 비우고 바가지를 채운다

소리치고 화내고 제 분에 못 이겨
혼자 눈물 바가지가 되어 버렸던
젊은 날의 내 바가지는 이제 조금씩
모서리가 닳아지는 쪽박이 되어 가고 있다

무엇을 두었어도 어떻게 넣었어도
달라지지 않는 바가지의 본질을
지천명이 넘어가는 지금 알게 된 게
불행이라면 또 불행한 일이지만

한때의 불손과 오만
어긋난 인격을 가둬 두기엔
싸구려 플라스틱 바가지만 한 게 없는데
다양한 정의를 맡아줬던 바가지
조금씩 틈을 보이고 금이 가기 시작했다

버리지 못한 욕망을
스스로 알아 비워내는
다중의 인격적 바가지
우린 모두 착한 바가지를 꼭 붙들어 보자

풍년상회

평생을 아라리만 부를 것 같은
소리꾼 금득 씨가 풍년상회 새 주인이 되었다
원조 풍년상회 할머니와
이대 사장이 된 금득 씨, 금전적 내막은
내 아는 바 없지만
반세기를 넘은 풍년상회가
여전히 읍내 싸전거리에서
사라지지 않는다는 게 여간 기쁘지가 않다

목숨 걸고 탄을 캐는 광부도
빈산에 불 지르던 화전민도
모두 정선을 떠났고 읍에는
고독한 산촌을 보러 오는
도회지 사람들만 오 일마다 줄을 잇는다

미닫이 출입문이 샷시로
재정비된 것 말고는
콩도 팥도 아끼바리도
정해진 제자리 고무 함지박에서
어느 집 솥으로 들어가게 될지
줄지어 기다리고 바짝 잘 마른 고추는
가게 밖에서 망을 본다

이름만 들어도 배가 부른 풍년상회
상가보다는 살림집에 가까운 모양새라
쌀만 사러 갔는데 밥까지 내어 줄 것 같은
따뜻한 예감이 토방 같은 가게에 포대기로 쌓여 있다

국민 고향의 마지막 주소
정선군 정선읍 그리움로路 천만 번지
신작로까지 마중 나온 풍년상회

해묵은 기와로 머리를 올린
풍년 쌀 상회
황혼에 스며든 저녁놀 바라보며
반백의 점방으로 늙어지고 있지만
오래된 것에 허기져 찾아온 손님
흙벽 투박한 손 내밀어 반겨 맞는다

남은 자를 위한 엘레지

들녘엔 기운 잃은 가을이 찾아들었고
먼 산에는 서릿발이 내렸다

이번 생 꽃으로 살아본 게 처음인 쑥부쟁이
보랏빛 멍 자국 또렷한 얼굴로 저 보다
쇠락한 잎새들의 엽록소가 더 걱정이다
가을이 무언지 아직 잘 모르는
철없는 소국小菊

면도날로 도려낸 서슬이
시퍼런 뜨락에 내려와
겨울이 오도록 봉우리로만 남은
마지막 꽃들의 절규를 모아
상강霜降이 지나간 자리에
이불을 폈다

새벽에 찾아온 완곡한 바람은
등으로 눈물을 감췄던 아버지처럼
소리도 없이 머뭇거리는 가을을 쓰러뜨렸고

서쪽에 혼자 남은 샛별은
추수가 덜 끝난 콩밭에 숨어
남겨진 것들을 위한 엘레지를 부른다
서러운 곡조에
생의 마지막 가사를 찍어

분수噴水

빨갛게 달아오른 해를 향해
분수가 힘차게 물을 뿜는다
키 큰 미루나무 어깨까지 오르다가
바람이 밀어주는 만큼 머물더니
덥고 목마른 것들 앞에서 우쭈쭈
줄기를 틀어쥐고 약을 올린다

찜기 속 빵이 된 팔월의 아이들은
분수噴水 속으로 뛰어들어
부서지고 흩날리는 윤슬의 테두리에
즐거이 갇혀 버린다

꺼졌다 솟아나는 물들의 서커스에
듬뿍 뛰어들고 싶은 간절한 얼굴이
공원 안에 안 되어도 열은 넘어 보인다
보랏빛 샌들도 분홍 원피스도
분수噴水의 심장에 뛰어들고 싶은지

물비늘 털어 내려 모여든 파이프 끄트머리
먼저 달려나간 아우성들이 무지개를 게워 내면
분수 모르고 분수에 들어간 푼수는
괴이하게 쳐다보는 뭇 시선들을 수건처럼 두르고

정선역 가는 길

순서를 기다리는 물방울들은

제 분수分數 지킬 줄 아는

완벽한 방심放心

분별分別 할 줄 아는

슬기로운 물들의 함성이다

19금 감자탕

고속버스 정류장 뒤편
늘어선 상가에 일제히 불이 들어온다
어둑한 저녁 배고픈 사람들을 부르는
네온등이 밝고 환한 미소를 흘리며
허둥대는 위장들에게 '어서 오셔요'
호객을 한다

하얗고 단정한 간판에
감자탕 뚝배기가
김이 나게 끓고 있다

상호 정중앙 글자 하나 불이 나간 채
이빨 빠진 할매 얼굴로
자꾸 나를 부르는 게 안타까워
통유리 문울 열고 들어갔다

푸욱 삶은 돼지등뼈에
포슬한 감자가 각을 잡고
된장에 버무린 시래기가
입맛을 잡아주는 것도 좋지만

주문 즉시 급발진으로
달려 나올 것 같은
초 홀가분 식당 이름이
내 마음에 썩 와 닿는 게
진심으로 좋았다

'조으루 감자탕'

이만하면 최고로 급하게 나올만한
감자탕 아닐는지,
스피디, 한 일상에 맞춤형
'조으루 감자탕'
달리 애쓰지 않아도
세상은 참 편하게 사는 것을
이렇게도 응원해 주고 있었다

순수의 시대와 시마(詩魔)

- 이홍섭(시인) -

순수의 시대와 시마(詩魔)

– 이홍섭(시인) –

1. 솔직함과 속도감

시집의 초입을 장식하는 첫 번째 수록 작품은 대개 해당 시집의 안내자 같은 역할을 수행하거나, 시인이 해당 시집에서 밀어붙이는 핵심 상징이나 이미지를 품고 있는 경우가 많다. 물론 이와는 전혀 다르게 담담하고, 무심한 듯한 작품을 서두에 실어 힘을 뺀 채 시집 안으로 안내하는 경우도 있다. 이처럼 시집에 실리는 첫 번째 시는 시인의 기질이나 스타일에 따라 제각각의 모습을 보인다.

이정표 시인의 두 번째 시집 『정선역 가는 길』은 첫 번째 시로 「게거품」을 내세우면서 이번 시집이 지향하는 바를 명확히 선보이는 동시에, 시인으로서의 기질이나 스타일을 분명하게 드러낸다.

아무도 없는 해변에서 산더미 게들을
치마폭에 쓸어 담는 꿈을 꾸셨다고 했다

생의 난간에서 헛발을 디뎠을 때

거품 물고 눈 뒤집는 건

게 꿈꾸고 태어난 계집의 항변

족보엔 없어도 유래는 분명하다

휘젓고 앞서 나가려고 하면

한 움큼씩 잡히는 모래알

세상이 결코 만만한 곳이 아니란 건

태어나기도 전 어머니의 선몽으로 알려 주었다

산다는 건 구멍 난 배 위에 홀로 남아

차오르는 불안을 쉼 없이 퍼내는 극한 작업

튀어나온 눈으로는 앞을 보고 있지만

뒤틀린 걸음은 자꾸 옆을 향해 나아가고

집게발로도 잘라내지 못한 삶의 역풍逆風은

몸 뒤집고 버둥거리다 허연 거품만 쏟아낸다

나는 도망간 희망을 좇는 한 마리 암게

앙다문 입술에 거품 머금고

사막이 된 시간을 엉금엉금 찾아 나선다

– 「게거품」 전문

이 시에서 두드러지는 것은 자신의 삶을 직시하는 솔직함과 이를 표현해내는 막힘없는 속도감이다. 일종의 '자화상'이라 할 수 있는 이 작품에서, 시인은 자신의 태몽과 자신이 살아온 내력을 비유적 표현을 통해 대비해 나가면서 시의 완성도를 높여간다.

이 시가 끝까지 팽팽한 긴장을 유지할 수 있는 것은, 자신의 삶을 직시하는 솔직함과 에둘러 가지 않고 직진하는 속도감이 잘 조화를 이루기 때문이다. 보통의 경우 이 시의 제목은 '게'가 되거나 '자화상'쯤이 되었을 터인데, 시인은 형식과 장식을 떼버리고 가장 강렬한 상징인 '게거품'을 선택함으로써 자신의 시적 기질과 스타일을 선명하게 표출하고 있다.

2. 음식과 미각

시인들은 오감五感 중 각자 편애하는 감각을 가지고 있다. 일관되게 시각만 두드러진 시인이 있는 반면, 시각, 청각, 미각, 후각, 촉각 등 오감을 두루 다 펼쳐놓는 시인도 있다. 시인이 즐겨 사용하는 감각은 독자의 감각을 확장해주고, 동시에 시인이 시를 쓸 당시 가지고 있던 편애와 허기를 느끼게 해주어 감상의 폭을 넓혀 준다.

이번 시집에서 시인이 즐겨 사용하는 감각은 미각味覺이다. 미각의 진수성찬이라고 할 수 있을 만큼 시인은 즐겨 미각을 통해 자신의 생각과 마음을 표현한다. 음식을 제목으로 삼은 작품들만 나열해도 「시크릿secret 두부찌개」, 「이런 된장」, 「된장찌개」, 「망치 매운탕 후기」, 「쇠고기미역국」, 「바지락 칼국수」,

「호떡」, 「전가복」, 「19금 감자탕」 등 10여 개에 달하고, 제목으로 삼지 않았지만 음식을 주된 소재로 쓴 작품 「은혜 갚은 조기」, 「갈등」, 「떠날 때는 말없이」, 「따로 또 같이」 등을 포함하면 그 수가 훌쩍 늘어난다.

　오감 중 미각은 촉각과 더불어 직접적인 접촉에 의해 발생하는 감각이라는 점에서 다른 감각과 달리 보다 원초적이고 직접적이다. "돌아가신 어머니가 해주셨던 그 맛이 아니란다"「시크릿(secret) 두부찌개」, "산해진미// 전가복 먹어 본 적 없지만// 늙은 어미 허리 굽어지도록// 평생 담아 온 김치 맛만 할까"「전가복」 등의 표현은 미각이 시간성을 담보한, 원초적이면서 직접적인 감각이라는 사실을 증명한다.

　하지만 이번 시집에 등장하는 음식과 미각은 이른바 감각을 통한 이미지의 생성과는 그 결을 달리한다. 시인이 음식을 소재로 삼고 미각을 감각의 도구로 삼는 것이 미각 자체를 시적으로 표현하고자 하는 욕망 때문이 아니라, 음식과 미각을 통해 자신의 인생관과 세계관을 드러내고자 한다는 점에서 차이가 있다. 즉, 시인은 자신의 인생관과 세계관을 드러내는 데 가장 적절한 소재와 감각으로 음식과 미각을 선택한 것이라 할 수 있다.

　　장 담그던 바지런한 지문은

　　시간이 문지른 사포질에

　　닳아 없어져 버렸고

그 맛을 지키던 미련한 여자는

골병이 누운 안방에서 혼자 시들고 있다

자궁 없이 포태抱胎를 꿈꾼

나는 빈궁마마

혀끝의 간사함만 쫓아다닌

원조 된장녀다

– 「이런 된장」 부분

발효와 숙성을 거친 장구한 이야기가

뚝배기에 들어가 받침대에 누웠다

감자 호박 풋고추들이 장 속에 들어가야

맛을 내지만 아무도 그들의 이름만 따로 불러내어

된장찌개라 부르지 않는다

펄펄 끓어오른 국물 속으로 숟가락을 디밀어 보면

아련히 떠오르는 건더기들의 슬픔

뜨겁게 속을 지져대는 장맛을 보려

봄부터 겨울 단지 안에서 오천 년을 묵게 두었다

우리는 이 땅에 된장으로 태어난 이상

민족중흥의 역사적 책임을 다해야 한다

– 「된장찌개」 부분

만성 무릎관절 환자들이 널배 타고

뻘밭을 헤맨 값은 오백 원 축에도 들지 못했구나

'에라이 이런 노무 시상'

몸이 재산인 사람들의 세상은

늘 '에라이이런노무시상'이다

(중략)

청춘을 무릎과 바꾼 여인들의 갯벌에는

언제쯤 바지락 없이도 잘 편안한 세상이 올까

오백 원보다는 더 비싼 인정이 도래하길 바라지만

골목길이 이리도 섬찟하다면

그런 날은 아직 한참 더 기다려야겠지

— 「바지락 칼국수」 부분

이 작품들에서 알 수 있듯, 시인은 음식의 고유한 미각 그 자체를 표현하는 데 초점을 맞추는 것이 아니라 음식이 담고 있는 이야기와 내력에 집중한다. 「이런 된장」에서는 어머니의 삶과 자신에 대한 자책이, 「된장찌개」에서는 "발효와 숙성을 거친 장구한" 우리 역사가, 「바지락 칼국수」에서는 여인들의 곤궁한 삶이 시인이 말하고 싶은 각각의 주제이다.

시인은 이들 음식과 미각을 통해 자신이 하고 싶은 얘기를 진솔하게 표현하면서 여기에 해학성을 담아 다른 시들과 차

별화를 시도한다. "원조 된장녀"「이런 된장」, "우리는 이 땅에 된장으로 태어난 이상// 민족중흥의 역사적 책임을 다해야 한다"「된장찌개」 등의 표현이 그러하고, 다음의 시처럼 재치있는 언어놀이를 통해 실현된 작품들이 그러하다.

나는 고故 현미 선생님의 명복을 빌며 슬퍼했고
내 몸에 붙은 지방 덩어리를 저주하며
그녀의 노랫말처럼 말없이 떠나가 주길 소망하지만
떠날 때 말이 없이는 쉽지 않다
까끌까끌한 현미玄米 밥을 억지로 삼키자니
이제, 그만
뚱뚱한 종족들이 모여 사는
나의 별로 돌아가고 싶다
뚱뚱한 게 허락되는 별에는
현미만 있을까? 현미玄米도 있을까?
현미玄米 밥 먹다 말고 문득
보고 싶은 얼굴이 되신 현미 선생님을 떠올려 본다

– 「떠날 때는 말없이」 부분

가수 현미와 곡물 현미玄米를 비교, 교차하면서 끝까지 해학성을 유지하고 있는 이 작품은, 앞서 말한 시인 특유의 솔직함과 속도감이 힘의 원천이다. 이러한 해학성은 음식과 미각을 다룬 작품들뿐만이 아니라 이번 시집 전체를 관통하는 미적 요소로 작동한다.

3. 연민과 해학

이번 시집을 지배하는 정서는 크게 두 가지로 나누어 살펴볼 수 있다. 비장과 연민이 그것이다. 시인은 자신이 걸어온 길과 고향, 귀향歸鄕을 노래할 때는 비장한 톤을 유지하고, 동창이나 이웃 등 타인의 삶을 노래할 때는 연민의 톤을 유지한다. 그리고 시인은 이 연민의 정서를 드러낼 때 연민이 지나친 비장으로 흐르지 않도록 해학을 통해 이를 제어한다.

죽은 남편 삼년상 치르고
치매 걸린 시아버지
거동 못 하는 시어머니
알뜰하게 보살핀 그 여자

면사무소에서 열녀烈女상 주었더니
아뿔싸!
거기가 활짝 열린 열녀熱女인 줄,
그 뉘라서 알았을까

농기계 수리센터 박 씨랑, 도망가던 그 밤에
위태롭게 매달려 있던 열녀烈女 표창장

미동조차 안 한 바람이 밀었다고 우기면서
주인 잃은 경첩 위로 떨어지더니

마음도 몸처럼 열려 버린 그녀가
사랑에 눈멀어 달아난 뒷산 꼭대기
눈썹달 새초롬히 떠올라
헤실헤실 어찌나 밝게 웃던지

– 「열녀문」 전문

위의 시는 앞에서 인용한 시 「떠날 때는 말없이」와 같이 "열녀烈女" "열녀熱女" 등의 동음이의어에 "열려"라는 유사 단어까지 활용하여 한 여인의 사랑을 따라가고 있다. 내용상 이 시는 윤리적 전개로 이어질 수 있음에도 불구하고, 시인이 구사한 해학적인 표현으로 인해 오히려 풍요로운 해석을 낳을 수 있는 공간을 열어놓고 있다.

한참 전 팔순을 당당하게 넘기신
삶의 고수답게 생활의 달인
타이틀을 거머쥐고 계신 우리 어머니
어머이 뭐 또 필요한 것 없수?

– 「생활의 달인」 부분

라면엔 스프가 있고

네겐 내가 있기 때문이다

낙타들의 동창회는 일 년에 단 한 번

삶의 고비가 비켜 가는 사막에서만 한다

– 「낙타들의 동창회」 부분

붉으락, 붉으락 매운탕이 되어

스스로 부고訃告가 된 망치처럼

나도 누군가의

허기진 영혼에 칼칼한 위로가 되고 싶다

한 번쯤 슴슴한 국물이 되어주고 싶었다

– 「망치 매운탕 후기」 부분

　이 시들에는 연민과 해학의 주된 대상들이 등장한다. 「생활의 달인」의 어머니, 「낙타들의 동창회」의 동창들, 「망치 매운탕 후기」의 음식 등이 그것이다.

　이번 시집에는 여러 편의 시에서 어머니가 등장하는데 앞서 살펴본 「이런 된장」과 위의 시 「생활의 달인」에서 알 수 있듯이 시인에게 어머니는 연민과 해학이 공존하는 대상이다. 시인은 연민의 마음으로 어머니의 삶을 노래하면서 해학을 통해 어머니의 삶에 스민다.

　또한, 「낙타들의 동창회」처럼 동창이나 가까운 친구를 소재로 삼은 시를 여러 편 선보이는데 이 시들도 역시 연민과 해학이 넘쳐난다. 시인은 이들 동창이나 친구들의 삶을 연민 가득한 시선으로 그려내면서도 해학적 표현을 통해 함께 동행하는 삶의 아픔과 기쁨을 노래한다.

「망치 매운탕 후기」는 이러한 연민과 해학이 "붉으락, 붉으락 매운탕"이 되어서라도 "허기진 영혼에 칼칼한 위로"가 되고 싶은 시인의 자세에서 나온 것임을 보여 준다. 이 해학의 바탕에 타인의 삶에 대한 연민과 위로의 감정이 깔려있음을 잘 보여 준다.

4. 순수의 시대와 시마詩魔

모든 처음은 순수하고, 시인은 이 '순수의 시대'를 잊지 못해 방황하는 대표적 종족이다. 앞서 인용한 「게거품」에서 살펴보았듯이, 시인은 '순수의 시대'를 찾기 위해서 태몽까지도 거슬러 올라가는 존재이다.

손톱에 드린 붉은 마음
첫눈 올 때까지 지워지지 않으면
오래전 헤어진 그 사랑을 찾을 수 있다는
허황한 그 말이 너무 좋다

꽃물이 번져가는 면적만큼
사랑이 오래 머물러 주기를 바란 적 있지만
지나간 것에 목마르고

오래된 것에 허기진 탓이다

봉숭아 물들인 손톱은 늘

가을을 넘기지 못했다

―「손톱」 부분

서운함 울분 소외 격정 그리움 안타까움 아득함

따로 비밀 공책을 만들어

생각날 때마다 차곡차곡 적어 나갔다

뭔가를 적는다는 것에 자존감이 생겼다

생의 첫 감정이라는 위대한 발견을 한 것이다

―「적자 생존」 부분

새벽이 왔다

하늘 끝자락에 손톱만 한 달이 아슬아슬 걸려 있고

어둠이 물러간 자리에 가로등 불 어색해지면

시시詩時한 하루가 부시시時時 일어난다

오늘은 완쾌되지 않는 병, 시마詩魔를 위해

시모금詩募金을 해야겠다

―「시마 詩魔」 부분

　이상 세 편의 시는 시인이 왜 시에 빠져들었고, 시쓰기를 멈추지 않는가를 잘 보여 준다. "봉숭아 물들인 손톱은 늘/ 가을을 넘기지" 못했지만, "오래전 헤어진 그 사랑을 찾을 수 있다는/ 허황한 그 말이 너무 좋"아 손톱에 꽃물 들이는 것을 멈출 수 없다. "지나간 것에 목마르고/ 오래된 것에 허기"지는 삶이 반복되더라도 "허황한 그 말" 때문에 꽃물 들이는 행위를 반복할 수밖에 없다.

두 번째 시 「적자생존」은 시인의 시쓰기가 이러한 상실감을 견디고 "자존감"을 지키기 위해 시작되었음을 보여 준다. "서운함 울분 소외 격정 그리움 안타까움 아득함" 등 온갖 감정들을 담은 "비밀 공책"이 시쓰기의 바탕이 되었고, 이를 통해 얻은 자존감이 "생의 첫 감정"으로 표현되고 있다는 점에서 시인의 시쓰기가 제목 그대로 치열한 "적자생존"의 산물임을 알 수 있게 한다.

마지막 인용 시 「시마」는 시인의 시쓰기가 "완쾌되지 않는 병"으로 깊어져, 하루하루 시와 함께 살아가는 존재가 되었음을 보여 준다. 시마가 오기를 학수고대하는 시인들도 많은데 자신에게 시마가 왔음을 자각하고 있다는 것은 축복받을 일이다.

시인은 시 「귀향」에서 폭설에도 핀 매화를 보면서 "흠도 흉도 마디마디 품어준 어머니가 되어/ 한 떨기 고뇌로 돌아온 눈 속의 매화"라고 노래한다. 자화상과 같은 시 「게거품」과 현재서 있는 자리를 노래한 「귀향」 사이에 시집의 표제로 삼은 "정선역"이 있다. 아마도 시인의 시마는 이 트라이앵글을 오갈 것으로 보이는데 이 또한 시인으로서는 축복이 아닐 수 없다.

정선역 가는 길

펴낸날 2024년 8월 20일

지은이 이정표
펴낸이 주계수 ┃ **편집책임** 이슬기 ┃ **꾸민이** 최송아

기획 시와징후
펴낸곳 밥북 ┃ **출판등록** 제 2014-000085 호
주소 서울특별시 마포구 양화로 156 LG팰리스빌딩 917호
전화 02-6925-0370 ┃ **팩스** 02-6925-0380
홈페이지 www.bobbook.co.kr ┃ **이메일** bobbook@hanmail.net

※ 이 책은 강원특별자치도, 강원문화재단의 전문예술인 창작지원금을 받아 제작되었습니다.